La saison des singes

Illustration de couverture
Bruno Pilorget

Marie-Sabine Roger

La saison des singes

BAYARD JEUNESSE

3, rue Bayard, 75008 Paris
ISBN : 2-7470-0589-5
Dépôt légal : avril 2002

Loi 49 956 du 16 juillet 1949 sur les publications destinées à la jeunesse

Chapitre 1

La maison sent un peu le renfermé. Depuis deux jours, mes pas résonnent bizarrement dans ces pièces déjà presque vides. J'ai donné la plus grande partie des meubles, à des voisins, à des amis. Les nouveaux arrivants seront là avant la fin de la semaine. Je me suis appliquée à faire lentement le tour de chaque pièce. Je voudrais pouvoir me souvenir exactement de ce bleu Sainte-Vierge, au plafond de la salle de bains. Et puis de ce grand cèdre, là-bas, dont je voyais la cime étale dans l'encadrement de la fenêtre du salon. Du grand troène, au pied duquel se trouvait la cache au trésor. Et de notre château, où nous nous réfugiions les jours de pluie, et d'où nous partions pour de fabuleuses aventuuuures !

Assise en tailleur sur le paquet terni et piqueté de trous vomissant leur sciure, j'ai longuement trié des papiers, des lettres, des photos. J'ai plongé, avec des joies d'ethnologue, dans ces menus trésors, fabuleux et discrets. Arrière-grands-oncles moustachus militaires, ou prêtres. Amies de pensionnat de grand-mère. Mariées diaphanes, toutes vêtues de blanc. Bébés joufflus, nus sur des peaux de bêtes. Petits garçons aux longs cheveux bouclés.

Le premier jour, dans le bureau, j'ai trouvé les lettres que s'écrivaient mes grands-parents du temps de leurs fiançailles. J'ai hésité. La curiosité était forte. La pudeur l'était plus encore. J'ai tout brûlé, rubans bleus et roses compris.

Maintenant, debout devant la grande armoire qui trône depuis toujours dans le château, j'hésite. Et s'il n'y avait plus rien, entre les draps ? Si papi, ou grand-mère, ou n'importe qui d'autre avait un jour trouvé mon trésor ? J'avance une main timide. Je fouille en aveugle, entre les draps soigneusement pliés, qui semblent humides, tellement ils sont froids. Rien. Je fouille encore, en proie à une crainte indicible. Toujours rien. Enfin, je sens sous mes doigts les bords dentelés du papier glacé.

Elle est là. La photo, oubliée depuis si longtemps.

C'est un choc, un brusque vertige. Il me suffit de la revoir pour qu'aussitôt, en moi, l'album s'ouvre à la page « été ».

Debout entre deux cerisiers, dans le fond du jardin, tu as le regard fixé sur l'objectif. L'air grave. On te croirait au garde-à-vous. Tu as des jambes maigres, des genoux osseux. Ton short semble trop grand pour toi. Tu tiens à la main ta coiffe d'Indien en plumes de coq. Sur la photo en noir et blanc, ta tignasse blonde paraît plus claire encore, et faite uniquement d'épis embroussaillés.

Il avait plu tout l'après-midi ce jour-là. Il faisait une chaleur lourde, les gouttes s'écrasaient au ralenti. Elles étaient tièdes. Sur le coup de cinq heures, il y a eu une éclaircie subite. Une grande estafilade de bleu dans le ciel noir. Il nous restait trois photos à prendre de la pellicule entamée. J'ai posé pour la première, sur la balançoire. La balançoire a tangué au moment du déclic... La photo était floue. Plus tard, on l'a jetée. Puis, tu a pris la pose entre les cerisiers. Cette photo, précisément. Et enfin, toi et moi, sur le banc de la terrasse. Je portais une robe à petits carreaux. Et des nattes asymétriques. Tu avais une trace de mercurochrome sur le genou, du chocolat avait coulé sur ton T-shirt. On ne disait pas T-shirt, mais maillot de corps. Ni l'un ni l'autre nous n'aimions nous faire prendre en photo.

Tu es là, sous mes yeux, avec tes dix ans éternels, ta tignasse taillée trop court, à contre-épi, ton air soupçonneux, et ce regard d'aveugle qu'ont souvent les portraits d'amateur.

Debout, avec ta coiffe d'Indien qui traîne dans l'herbe, les cerisiers en fond de décor, un bout du toit de la maison voisine, un gros nuage noir dans un angle du ciel. (Y a-t-il des angles au ciel ?) J'ai si souvent regardé cette photo, enfant, qu'il fut un temps où je ne pouvais plus t'imaginer autrement qu'ainsi, en T-shirt sale et short trop grand. Le nuage noir a plu toute son eau depuis bientôt trente ans.

De ce jour-là, des années qui suivirent, ne me reste que peu de chose, dont cette photo qui jaunit, lentement.

T'entends la musique qui chante ?
La petite musique méchante
Qui doucement, doucement dit :
J'ai compris, j'ai compris.
Il est mort, il est mort,

D'accord...
Va voir la photo cachée
Enterrée dans l'armoire à linge
Entre les piles de draps.
Ce sera plus jamais l'été.
Plus jamais la saison des singes.
C'est comme ça...

Chapitre 2

– Pan, t'es mort !

Je viens de surgir de derrière le prunier. Tu t'écroules. Ta crinière couleur de paille fait une tache claire sur le gazon. Il fait chaud. Ce sera bientôt l'heure du goûter. Je crie :

– Tu serais que blessé...

Je pars au grand galop en fouettant mon cheval. Tu relèves la tête, tu te mets à genoux. Une araignée verte se fraie un chemin entre les hautes herbes. Tu l’écrases proprement sous ta semelle, puis, marchant courbé en te tenant le ventre (tu serais blessé au ventre...), tu progresses, silencieusement, jusqu’à l’angle du mur. Là, tapi, tu me regardes caracoler sur mon grand pur-sang roux. Non, noir. Non, roux. Soudain tu pointes ton fusil sur moi, et tu tires.

– Pan ! Crève, chien de visage pâle !

D’un saut de côté j’évite de justesse la balle, et je m’enfuis.

Tu hurles :

– Oh ! Tu triches ! T’es morte, je te signale !

En courant toujours, je jette par-dessus mon épaule :

– T’aurais tué que le cheval, et moi, j’irais à mon repaire !

Alors, évidemment, tu dis :

– Bon. Si c’est ça, je joue plus. Je retourne au château !

Je hausse les épaules, je ramasse ma balle bleue, qui traîne, et je te suis.
J'en profite pour te jeter un sort. Qu'il te pousse trois cornes. Là, là... et là !
Quand j'arrive au château, je te retrouve assis sur la caisse à outils de papi. Tu fais semblant de lire un magazine que tu connais par cœur. Je m'assieds sur le seuil. J'arrache soigneusement la petite croûte que j'ai au genou gauche, en roucoulant :
– Tu sais, j'ai un fiancé.
– Pffff !
– C'est Romain.
– Whoua, ha, ha !
– Tu ris parce que tu es jaloux.
– T'es bête, t'es ma sœur ! Et puis j'aime pas les filles !
– Tu te marieras pas, quand tu seras un papa ?

– Je serai jamais un papa, parce que les enfants, c'est des contraintes !
– Je le dirai à papi, que tu dis des gros mots !
Tu ricanes. Je te balance un coup de pied dans le tibia. Je reçois une gifle en échange. Tu en es à me faire manger de l'herbe lorsque papi arrive, un râteau à la main, et nous annonce qu'il est l'heure de goûter.
Sur le chemin de la cuisine, j'ai le temps de te pincer le bras en grinçant : « Je t'aime plus. » Tu me vitrioles : « Je m'en contrefous. » J'insiste :
– Je t'aime plus. C'est Romain que j'aime.
– T'auras qu'à dire à papa-maman qu'ils te le prennent à la maison à ma place, quand je serai parti !
Je m'embue.
– Tu vas partir ? Tu vas partir où ?
– Au fin fond de l'Afrique, là où il y a des lions, des girafes, et des singes !

– Tu peux pas !

J'ai crié.

– Tu peux pas ! T'es pas assez grand ! C'est trop loin ! Et puis...

Je cherche mes mots. Je serre les poings :

– Et puis, t'en verras pas, des singes. C'est pas la saison !

– Et ça ? tu fais, royal, en prenant une banane sur le buffet.

Je couine, en perdition :

– Quoi, ça ? C'est une banane ! Alors ?

– Alors, ma pauvre fille, je te signale que si c'est la saison des bananes, c'est forcément la saison des singes !

Je regarde la photo sans la voir... Les souvenirs affluent, les images envahissent. Marée montante, flux. Elles me remplissent. À moins que ce ne soit moi qui, lentement, sombre. Émouvants sables mouvants, où, plus je me débats, et mieux je m'engloutis.

Je revois les valises dans l'entrée. J'entends, comme au travers d'un brouillard cotonneux, l'indistinct brouhaha de la conversation des grands. J'ai, à l'avance, peur et mal de la séparation qui arrive. Ils sont encore là, mais je les sais absents. Je m'imagine déjà remontant l'allée, après le dernier au revoir. À ce moment précis, je ne sais pas encore qu'il s'agit d'un adieu. Pourtant, je porte en moi un chagrin à la mesure de l'abandon...

Il me bouscule. Je lui chipe son livre. Il me court après. Voix des parents. Retour au calme.

– Tu ne fatigueras pas trop papi, n'est-ce pas ? Et tu aideras ta grand-mère, hein ?

Je hoche la tête à tout petits oui-oui menus. Ma mère porte une robe à petits motifs géométriques, noir et blanc. Et dans ses cheveux bruns et frisés, un foulard d'un rouge insolent. Elle me serre contre elle en riant doucement. Mon père sent le tabac et l'after-shave. Il se penche sur moi pour m'embrasser. Et l'au revoir à lui, Cheveux-de-paille. Une bourrade, un coup de pied pour rire. Il me tire une natte. Pas trop fort. Il plisse le nez. Me fait les cornes. Chantonne :

– Tu-vas-t'embêter-heu ! Tu-vas-t'embêter-heu !...

Il m'a promis de me ramener un cadeau de son camp. Et quand il sera revenu, on mettra notre voyage au point. Parce que, finalement, il m'emmène. Papi nous prêtera une carte de l'Afrique. On fera notre itinéraire.

– Bon (voix de mon père). Il faut partir maintenant... Nous avons de la route à faire...

– Tu ne vas pas pleurer ? (Maman). Tu es grande !
(Pas-pleurer-t'es-grande. Pas-pleurer-t'es-grande. Pas-pleurer...)

Je fais la fière, la brave, en regardant l'auto qui s'engage dans l'allée, puis tourne sur la nationale.
Cours vite le long du mur, pour faire au revoir plus longtemps. Des mains distraites s'agitent par les portières. Déjà mollement. Déjà ailleurs. Je resserre sur moi mon foulard bleu. J'ai mal au cœur et une angine. J'ai huit ans.

T'entends la musique bizarre ?
L'affreuse petite musique...
Il n'y aura plus jamais d'Afrique.
Écoute l'auto qui démarre.

Chapitre 3

Chaque été, nous venions ici pour les vacances. Tu restais jusqu'à la fin juillet. Puis, comme tu étais grand, tu partais quinze jours en colonie. Nos parents s'en allaient de leur côté, vers des pays lointains. Je restais seule avec papi et grand-mère, attendant ton retour. Ensuite, quelques jours avant la rentrée des classes, papa et maman revenaient, et nous rentrions chez nous.

La maison de mes grands-parents était énorme et ventrue. Le lierre lui collait des moustaches aux fenêtres, et l'immense jardin avait des chemins noirs. Des sentiers connus de moi seule. Cernés de buis. Ourlés d'ombres profondes, magiques, terrifiantes... J'apprivoisais des escargots. Je jouais dans des caches. Accroupie, durant des heures, je contemplais une araignée dodue qui oscillait lentement au centre de sa toile. Elle avait un corps brun et luisant, couvert de poils irisés. J'en avais une peur affreuse. J'avais de délicieux frissons, à penser qu'elle aurait pu me sauter dessus. (Ce serait une araignée sauteuse. De loin les pires !) J'aimais déjà vivre dangereusement. Moi aussi. En août, il y avait les visites chez madame Lagloire, qui me faisait des bises osseuses, et sentait très fort le pipi. Elle avait, au fond de son buffet, de vieux bonbons poisseux, dans une boîte en fer tavelée de rouille. Il me fallait en prendre un. Remercier. Et le mettre à la bouche. C'était un épouvantable supplice. Ils avaient le goût de l'odeur des boules de naphtaline qui empestaient les placards. Je les mangeais sans salive, à sec, espérant qu'ils fondraient miraculeusement. Grand-mère s'installait voluptueusement dans le grand fauteuil à oreilles, madame Lagloire sur le canapé. Puis, de leurs voix pointues de vieilles femmes, elles disaient :

– Va donc jouer au jardin, petite...

Dans le jardin de madame Lagloire, il y avait des tonnelles délabrées, des rocailles désaffectées, de charmants petits nains ridicules. Il y avait surtout le chien. C'était une vieille bête à la puanteur tenace. Et qui m'aimait. Il me faisait des caresses liquides, étalant ses babines baveuses sur mes genoux. Je lui racontais toute ma vie de quand je serais grande. Toute ma vie au fin fond de l'Afrique, quand tu serais revenu me chercher, et qu'on partirait tous les deux à l'aventuuuure ! Le chien hochait la tête. Il approuvait parfois d'un caverneux soupir. Lorsque nous repartions, grand-mère marchait à petits pas pressés, dos droit, fesses serrées, le chapeau vissé sur la tête, car il était hors de question de sortir « en cheveux ». Si nous croisions des connaissances, il y en avait toujours pour noter, finement :

– Alors, comme ça, vous avez la petite ?

Ce à quoi grand-mère répondait forcément oui. Puisque j'étais là. Mais, cette année-là, me regardant du coin de l'œil, quelqu'un dit en baissant brusquement le ton :

– Pauvre enfant, est-ce qu'elle se rend compte, au moins ?

Grand-mère, qui était un peu sourde, lui chuchota à en casser les vitres :

– Pensez-vous, elle est bien trop jeune, elle n'a pas compris.
J'en conclus qu'il y avait, quelque part, un secret. Une chose glacée, terrible et lourde, dont on voulait me tenir éloignée. Plutôt que d'en éprouver un malaise, une crainte, je fus intriguée. Un peu vexée, aussi. Quel était donc ce mystère que j'étais soi-disant «trop jeune» pour comprendre? Malgré ma curiosité, je me gardai de poser la question à grand-mère. Elle aurait pu, peut-être, se fâcher: je n'avais pas à me mêler de la conversation des grands...

Chapitre 4

J'ai punaisé la carte de l'Afrique sur le mur du château, au-dessus du vieux canapé. J'ai commencé à faire la liste de ce qu'il nous faudra emporter : un couteau – une gourde – deux chapeaux – une corde – des pansements.
Pour le reste, je sais pas. Je t'attends. Ah, si ! Du papier-machin. Deux rouleaux.

Depuis quelques jours, papi et grand-mère reçoivent sans arrêt des amis, qui chuchotent entre eux d'un air grave, et m'embrassent mouillé en me serrant trop fort. Quand ils sont là, je ne peux même plus lire au salon. Papi ne veut pas. Il préfère que j'aille jouer dehors. J'y vais, mais je m'ennuie. J'ai demandé à papi quand tu allais revenir. Parce que ça fait plus de quinze jours, maintenant. Mais papi a souvent des crises. Il est très fatigué. Sûrement à cause de toutes ces visites. Il ne m'a pas répondu. Grand-mère non plus. Elle a l'air fâchée. Elle fait ses joues blanches et sa bouche en dedans. Pourtant je mets la table. Hier, il y avait un film avec des lions, à la télé. C'est gros, un lion.

Je t'ai fait plein de dessins. Je les garde dans une grande enveloppe, dans le tiroir de mon bureau. Des dessins de l'Afrique. Et puis des dessins du jardin. Il y en a un, surtout, que j'aime bien. On voit le prunier, la brouette de papi, et la porte du château. La brouette ressemble tout à fait à une vraie brouette.

Ce matin, papi est venu dans ma chambre. Il m'a dit que tu ne reviendrais pas avant très longtemps. Et papa et maman non plus. Il a ajouté d'une drôle de voix :
– Ils sont partis faire un grand voyage, ma puce. Un très grand voyage, très très loin.

T'avais pas le droit. Tu m'avais dit que tu m'emmènerais moi. Moi toute seule. T'avais pas le droit de partir sans moi. Et papa et maman non plus. La carte, je l'ai déchirée. Bien fait pour toi. Et puis j'ai pleuré. Mais ça, je te le dirai pas. J'espère que tu auras trop chaud, en Afrique. Que tu te feras manger par un lion. Et que, lorsque vous y serez, ce sera même plus la saison des singes.

Chapitre 5

L'été fut triste. Je ruminais ma peine et ma déception, sans un mot. Papi et grand-mère, éteints, moroses et silencieux, me faisaient des sourires forcés. Mais je voyais bien qu'eux aussi, ils étaient contrariés par votre long voyage.

En septembre, ce fut ma grand-tante Élise qui vint me chercher. Elle entra dans ma vie un jour de grand soleil, vêtue d'une invraisemblable robe fuchsia. Elle tenait un paquet

dans chaque main. Arrivée sur le perron, sans même dire bonjour à grand-mère, elle s'accroupit face à moi, son visage à hauteur du mien, et me scruta de son œil bleu.
– Tu es jolie, dit-elle.
Ce n'était pas un compliment. Simplement une constatation satisfaite, comme si le fait que je sois jolie était une preuve de bonne santé.
Puis elle ajouta :
– Je ne savais pas laquelle te plairait le plus, alors j'ai pris les deux.
Dans un paquet, il y avait une poupée noire, en robe de dentelle blanche, et dans l'autre, une poupée blonde en robe de coton vert.
Je ne me souviens plus très bien des explications confuses de ma grand-mère. Mes parents et mon frère étaient partis pour si longtemps, ici il n'y avait pas d'école. J'irais chez ma grand-tante. C'était pour mon bien,

voilà tout. Je partis donc, inquiète sans le dire, serrant contre moi ma valise, sans donner la main à cette tante Élise chez qui, dorénavant, je devrais habiter. Nous prîmes le train. Un voyage si long qu'il me sembla durer deux jours. Puis, il fallut marcher un peu, le long d'une jetée pavée qui longeait l'océan. Il y avait un vent de bourrasque, des nuages gris fer, une bruine salée.

– Nous y voilà ! dit-elle enfin, en poussant un grand portail vert sombre, que prolongeait une très longue grille aux entrelacs finement ouvragés.

Je venais de faire mon entrée aux « Saules ». De ces saules au pluriel ne restait qu'un exemplaire. Celui qui me servirait de cabane, plus tard.

Ce jour-là, dans l'immense cuisine claire trônait sur la table une tarte aux prunes pour au moins dix personnes.

– On va goûter ! me dit gaiement ma grand-tante en posant ses bagages.
Puis, se tournant vers moi :
– Va t'attraper un verre, dans le grand placard blanc. Là, tu vois ? Sur l'étagère du milieu.
Ensuite, Élise me fit visiter son domaine, hérité de son premier mari. C'était une maison de contes de fées, avec des tours et des poivrières, d'un mauvais goût resplendissant. Le jardin était un fouillis de fleurs. Le grand saule, devant l'entrée, faisait une cabane idéale, avec ses branches retombant jusqu'à terre, qui délimitaient un espace clos et secret, aux murs percés de mille meurtrières, vert et bruissant moucharabieh...
Il y avait aussi une mare. Trois mandarins magnifiques y lissaient leurs plumes et plongeaient régulièrement, tête sous l'eau, croupion à l'air, dans un ensemble parfait qui avait dû nécessiter nombre de répétitions.
– Viens voir mes bestioles !

Élise les appelait : Kâ kâ kâ kâ!
Et tous trois sortaient de l'eau, en se dandinant sur leurs courtes pattes, ventres ronds traînant dans la poussière, gracieux comme des bouddhas palmés. Puis :
– On va libérer Bêta. Viens !
Je la suivais comme un petit animal docile. (« Sois sage, avait dit grand-mère. Et surtout, sois bien élevée ! ») Au fond du parc se trouvait un vaste enclos grillagé, avec un arbre et une niche.
– Bêta ?
Un grand bouvier gris, au poil dru, venait de sortir sans hâte.
– N'aie pas peur, caresse-le, dit-elle en ouvrant la cage.
Je n'avais pas besoin qu'elle le demande. Bêta, en deux coups de truffe et trois coups de langue, avait fait le tour de toutes mes odeurs. Satisfait, il s'était assis pesamment sur mon pied.

– C’est bien la première fois que je le vois aussi familier, remarqua ma grand-tante, surprise. On dirait qu’il t’a adoptée !

Comme nous repartions, le chien m’emboîta le pas, sa truffe au pli de mon genou.

– Il ne s’appelle pas Bêta parce qu’il est bête. Quoique... Son père s’appelait Alpha. C’est l’alphabet grec, tu vois. Alpha c’est A, Bêta c’est B... Alphabet, cela signifie A et B.

Je levai vers elle un œil surpris. Élise parlait un peu comme papi.

Elle aussi disait des choses compliquées.

Chapitre 6

En arrivant aux Saules, j'avais fait la connaissance de monsieur et madame Valade. Édouard et Rosalie. Ils avaient la soixantaine, et vivaient dans une partie de la maison pompeusement baptisée « l'aile droite ». En échange de ce logement et des repas, Édouard Valade s'occupait du jardin et des petites réparations. Rosalie était cuisinière (la tarte aux prunes...). Mais, surtout, elle était l'amie, la confidente de ma grand-tante, qu'elle appelait affectueusement Lilie. Tout le monde, d'ailleurs, l'appelait ainsi, sauf papi, qui l'appelait Élise, et grand-mère : « chère Élise ». Moi, j'hésitais... Ma grand-tante n'avait pas eu d'enfant. Pas avant moi. Elle était la très jeune sœur de mon grand-père. Je ne savais pas comment m'adresser à cette femme vieillissante, trop âgée pour être ma mère, trop jeune pour être ma grand-mère. Alors, j'employais des ruses, des astuces de langage, afin de n'avoir pas à la prénommer. Pourtant elle faisait de son mieux pour tenter de m'apprivoiser. Elle savait. Elle savait les mots muselés à l'abri de mon front têtu. Elle savait les silences à hurler, les larmes en dedans. (Pas-pleurer-t'es-grande.) Aussi, au moindre de mes sourires, elle s'épanouissait, semblait rajeunir, devenait plus belle encore.

Les jours passaient. Je restais sur mes gardes. Un dimanche matin, comme je l'avais suivie jusque dans sa chambre (je la suivais toujours partout, obstinément), elle me montra sa boîte à bijoux. Elle y serrait des bagues tarabiscotées, avec de grosses pierres, bleues, lie-de-vin ou vert d'eau. De tout ce bazar oriental et superbe j'avais extrait une bague en argent, avec une pierre oblongue, d'un beau vert trouble, opalescent.

À l'intérieur, gravé : « À ma Moucha ».

– Qui c'est, Moucha ?

Elle me tournait le dos, pliant des chemises sur son lit. Elle avait légèrement sursauté. Puis elle s'était tournée vers moi en souriant.

– Oh, ça fait bien longtemps que personne ne m'a plus appelée Moucha ! C'était Manessian qui me surnommait ainsi...

(Jamais elle n'appelait son deuxième mari par son prénom. En l'évoquant, très rarement, d'ailleurs, elle ne disait que « Manessian ».)

– Qu'est-ce que ça veut dire, Moucha ?

– Je n'en sais rien... Figure-toi que je ne le lui ai jamais demandé ! Et puis, cela ne veut peut-être rien dire, après tout !

– Moi je trouve ça joli, Moucha. Ça fait Mouche, mais gentille. Mouche qui pique pas. Mouche aux yeux bleus.

– Mouche aux yeux bleus ?

Elle riait. J'adorais son rire. Puissant. Dévastateur. Magnifique.

– Mouche aux yeux bleus, ça alors ! Eh bien, tu pourras m'appeler Moucha, si tu veux. Mais toi seule, tu entends ? Toi seule. Ce sera... un privilège !

Voilà comment je l'ai baptisée, ma Moucha. Sans savoir, moi non plus, ce que signifiait cet étrange surnom. Quelle importance ? Il me suffisait de pouvoir la nommer, pour commencer enfin à l'aimer vraiment.

Édouard Valade était un long fantôme moustachu, bougon et silencieux. Il répondait d'ordinaire « Mmmmh ! » pour « Oui », et « Pfff ! » pour « Non ». C'était tout. Mon arrivée lui fit l'effet d'une tornade, menaçant l'ordre minutieusement établi de sa vie bien réglée. Il ne me quittait pas de l'œil, soupçonneux, convaincu à l'avance qu'une enfant de mon âge ne pourrait être qu'une calamité de plus, dans une maison déjà bien perturbée par le caractère fantaisiste de ma grand-tante.

Un matin, il me surprit, perchée sur le bord d'une des grandes vasques de la terrasse, en train de farfouiller dans ses géraniums.

– Qu'est-ce que tu fabriques là ?

La voix était tout juste aimable. Je grommelai, sans me retourner :

– Ben, j'enlève les fleurs mortes, tu vois bien ! Sinon, elles vont se fatiguer, tes

plantes. C'est maman qui m'a appris. Je fais toujours ça, à la maison...
Il y eut un silence. Enfin, d'une voix radoucie et changée, Édouard s'étonna :
– Tu aimes les fleurs, toi ?
Il semblait confondu. Perplexe. Dérouté.
Ce jour-là naquit entre Édouard et moi une belle histoire d'amour.
– Viens voir ! jetait-il de sa voix bourrue, éraillée, toujours économe de mots.
Je le suivais. Au détour du chemin, il me montrait le nid dans la fente d'un mur, et les deux ou trois oisillons hideux qui palpitaient sous le duvet et les brindilles.
– Écoute ! disait-il une autre fois, l'index levé.
Et c'était un rapace, qui, perché sur un chêne, hululait doucement au crépuscule.
Un matin, Édouard vint vers moi avec, dans sa pupille un peu laiteuse, une étincelle de gaieté.

– Regarde !

Il tenait entre ses pattes d'ours une petite boîte en carton. Sous le coton, la bourre et la paille, tremblait un minuscule chaton noir, louchant de tous ses yeux bleu marine, soufflant et crachant de furieuse colère et de crainte mêlées, se prenant pour un vrai chat.

– Oh ! Qu'il est joli !

Je ne pouvais en dire plus.

– C'est une femelle. Elle est tout juste sevrée.

Moucha, priée, suppliée, implorée, me donna l'autorisation de garder la panthère, que j'avais baptisée, déjà, Peluche. À la condition, toutefois, que ce redoutable félin ne mange pas les canards. Vu la taille du chat et celle des canards, nous aurions pu craindre l'inverse...

Chapitre 7

Dès les premiers jours de l'automne, les Saules, peu à peu, tombaient dans une sorte de langueur, si commune aux maisons des villes balnéaires. L'océan avait des remous obstinés, un souffle rauque. Je traversais la rue, la jetée presque toujours déserte à cet endroit. Il me suffisait, après cela, de tourner le dos aux maisons pour me croire sur une île déserte. Avec vous, c'eût été le bonheur. Sans vous...

Les jours étaient parfois si tristes. Lents à passer. Tissés d'un fil humide et cotonneux comme un brouillard, qui collait à la peau, au cœur. Je pensais, du bout de l'âme seulement, à des choses superficielles, qui effleuraient à peine la douleur. C'était une mélancolie indistincte, sournoise. Vous me manquiez trop fort pour que je songe à vous.

Après les grandes marées d'équinoxe, j'allais à la pêche aux épaves. Je collectionnais les bois flottés, aux formes torturées, sculptés par l'eau, criblés de trous forés par des monstres marins, incrustés de petits coquillages. Il y avait dans l'air des vapeurs, une tiédeur marine. Une bruine se posait sur mes lèvres, leur donnant un goût amer, salé, qu'inlassablement je léchais, jusqu'aux gerçures.
Assise sur le sable, au pied des escaliers au

trois quarts ensablés qu'empruntaient, l'été, les touristes, je regardais...
Je regardais cet horizon horizontal, et je prenais conscience de la fuite jamais arrêtée de mon regard, en un clin d'œil au bout du monde, tout là-bas, dans ces brumes estompant la limite entre le ciel et l'eau. Pas un arbre, pas un relief. Les mouettes elles-mêmes dédaignaient de poser un instant, sur la vague, leur ombre.
Je restais parfois fort tard. Moucha me savait là. Elle envoyait Édouard jeter un coup d'œil, depuis la grille, de temps à autre. Elle comprenait mon impérieuse attente. Cet espoir que j'avais d'improbables retours. J'attendais le coucher du soleil. Il devait se lever, sur toi, sur vous, loin. En Afrique. Dans cette heure arrêtée entre lumière et nuit, j'envoyais des messages. Je n'étais plus que cela : un espoir projeté vers les nuages sombres, éclairant comme un phare,

comme un soleil de nuit. Je me disais, sous la frange rebelle et les sourcils froncés : « Si je pense assez fort à eux, ils ne pourront pas faire autrement que m'entendre. Si je pense à eux assez longtemps, ils reviendront. »
Ces mots jetés, bouteilles à la mer, filaient droit sur la crête de vagues, plus légers que l'aile de l'oiseau.
Vous les entendriez sûrement. Sûrement, vous les entendriez... Enfin, comme le soleil naufrageait sous mes yeux, la voix puissante de Moucha trouait le crépuscule, m'appelait à rentrer au bercail, déchirant le silence comme une corne de brume.
Je me levais lentement, m'ébrouais, retournais à pas sinueux vers ce qui n'était pas réellement chez moi. Mais chez moi, maintenant, où était-ce ?

Lorsque vint la rentrée, j'acceptai d'aller à l'école ici. J'évitais de poser la moindre question. Je redoutais trop les réponses, dans mon espérance obstinée : vous viendriez m'attendre à la sortie, un beau jour, à quatre heures. Lorsque l'Afrique vous aurait enfin laissés partir. C'était certain. Il suffisait de patienter un peu.

Chapitre 8

De ces dix premiers mois passés aux *Saules*, je n'ai gardé que peu de souvenirs. L'été suivant, nous reprîmes le train. Je m'étais assise dans le sens inverse de la marche. Cela me donnait l'impression de vivre ma vie à l'envers. D'arriver au lieu de partir. De partir au lieu d'arriver. Moucha avait fait des provisions de brioches. Elle parlait de tout, de rien. Elle imitait, avec talent, la voix pointue de grand-mère, ce genre de voix suraiguë qui agace les dents comme un jus de citron. Elle riait pour cacher sa peine d'avoir à me laisser, car elle s'était attachée à moi d'un amour chaleureux et tendre. Mais c'était convenu ainsi : j'irais passer mes vacances chez mes grands-parents. D'ailleurs, j'étais heureuse de les voir.

Ce premier retour, ce fut la révélation d'une absence. Pendant tous ces mois, je m'étais, malgré tout, si souvent posé la question. Où étiez-vous ? Pourquoi ne donniez-vous jamais de vos nouvelles ? Attente, tout d'abord. Impatience et déception ensuite. Enfin colère, et presque haine. Pourquoi être partis sans moi dans cette Afrique que je m'inventais rouge et jaune, aux odeurs de vanille et de musc, avec des lions apprivoisés, des girafes de dessins animés ? Pourquoi ces vacances hors de moi, sans même un mot pour dire : « On pense à toi » ?

Longtemps, bien longtemps après, lorsque j'ai su la vérité, j'en ai voulu à mes grands-parents. À Moucha, même.
Elle se défendait : « C'était pour ton bien, Marie, tu étais si petite... Comment t'aurait-on dit la vérité ? »
Comment ? Avec des mots, tout simplement...

À ce premier retour chez mes grands-parents, cet été-là, je n'avais pas compris vraiment. Sans doute, au fond de moi, quelque chose savait... Cette si longue absence, ce n'était sûrement ni des vacances ni l'Afrique. À neuf ans, je ne croyais plus à ces pays lointains où les facteurs n'existent pas, qui ne peuvent acheminer les petits mots tendres d'une mère à sa fille. Mais, par superstition, peut-être, je m'épargnais le doute, et l'interrogation.

En arrivant, après les bises, les « Comme tu as grandi ! Comme tu te fais belle ! » et autres bêtises, je laissai Moucha et grand-mère se partager les petits fours, pour courir au château.

Pourquoi ? Je ne sais pas. Je m'étais sans doute imaginé te retrouver, assis sur la caisse, en train de lire. Ou alors, tu serais caché derrière la tenture rouge qui recouvrait le vieux bahut. Tu te lèverais d'un bond en criant : « Whouaaaaah ! Je t'ai fait peur, hein ? »

Tu serais là. Dis. Tu serais pas parti, pas pour de vrai, pas pour tout le temps.

Mais le château était vide. D'ailleurs, ce n'était plus un château. Ce n'était qu'un atelier poussiéreux, une pièce minable, pleine de vieilleries entassées, de meubles nuls, de caisses. Au mur, jaune comme une insulte, retombant comme une draperie, se déployait encore la carte de l'Afrique que j'avais déchirée dans un geste de rage, un an auparavant. Ce jour-là, papi me retrouva en équilibre instable sur la pointe des pieds, au bord d'un escabeau posé sur une table. Langue sortie entre les dents, je m'appliquais à réparer le continent meurtri, cautérisant d'un geste repenti la plaie ouverte de Tripoli au Cap.

Cet été-là, je ne compris pas tout à fait quelle était l'étendue de l'absence, ni jusqu'où, éternellement, se prolongerait le partir. J'errais sans but dans le jardin trop grand. Tous mes jeux ici étaient des jeux pluriels, nous les avions joués à deux. Cow-boy contre Indien, gendarme contre voleur, cache-cache... J'essayais bien de me

cacher quand même, et de me faire peur. Mais le plaisir semblait bien tiède, puisque le frisson n'y était plus.
Les jours se poussaient lentement, l'un puis l'autre, identiques, sans remous ni vagues, calme plat. Lorsqu'il faisait chaud, grand-mère remplissait une grande bassine de fer. J'y laissais flotter les bateaux de bois peints que me bricolait papi. Je baignais un poupon au sourire imbécile, que je prenais un sadique et délicieux plaisir à noyer de toutes les façons. Papi lisait le journal, vêtu d'un maillot de corps blanc en maille à trou-trous, et d'un short long kaki. Grand-mère, quel que soit le temps, mettait robe noire et tablier gris, et nous entendions, venant de la cuisine, l'interminable écho de la vaisselle, verres entrechoqués, assiettes rangées au placard. Grand-mère ne parlait pas beaucoup. Elle se contentait de mots

utiles, où il était question de boire, manger, dormir ou se laver. Elle était discrète, pensive. Elle souriait peu.

Papi, lui, s'appliquait à m'apprendre le nom latin des fleurs, des arbres, des oiseaux. Il m'expliquait les mœurs des hérissons ou des chauves-souris. Il était mon livre de sciences. Je ne comprenais pas toujours, mais j'étais passionnée.

De temps en temps, mes grands-parents recevaient de vieux amis à eux. C'étaient des jours à chuchotis, ponctués de soupirs sonores.

Grand-mère me disait :

– Pendant que nous parlons, tu nous joueras bien quelque chose ?

Comme je m'appliquais à une sonatine, j'entendais le zonzon bourdonnant de leurs voix, le tintement des tasses en porcelaine bleue et le grignotement des petits gâteaux secs. Ils m'écoutaient avec des miettes. Moi, je m'imaginais jouant soudain comme une enfant prodige. Cheveux-de-paille reviendrait en courant du jardin, essoufflé. Il resterait là, dans l'encadrement de la porte, bouche bée. Eux, les grands, se tairaient peu à peu...

Après que le dernier accord se serait doucement rendormi dans le ventre brun et luisant du piano, je me retournerais, attentive, fiévreuse. Ils me regarderaient avec une émotion diffuse, subjugués. Ils seraient fiers. Mes parents, debout au premier plan, ne pourraient se résoudre à cesser d'applaudir. Cheveux-de-paille ne rirait pas. Il abandonnerait pour un instant son éternelle moue moqueuse. Il ne me ferait pas de grimaces. Il dirait juste :

– Eh ben, dis donc !

Ce serait tout. Ce serait magnifique...

Les jours de mauvais temps, je collais mon nez au carreau des heures entières. Buée mouillée. Fais des bêtes avec ton doigt. Deux cornes, une queue, des piquants. Je regardais la pluie qui, fine et régulière, détrempait lentement le potager, les plantes grasses, l'allée d'arceaux couverts d'une glycine. Dans la maison, le carillon Westminster égrenait le temps de façon lancinante. Il le rabâchait, même, puisqu'il sonnait l'heure deux fois... Comme je ne savais pas très bien déchiffrer l'énigmatique cadran, je dérangeais parfois papi, dans son bureau.

– C'est quelle heure ?

C'était toujours la même chose : il faisait « Mmmmhhh ? », levait la tête de ses manuscrits, et répondait enfin d'une voix un peu sourde :

– C'est l'heure où les Athéniens s'atteignirent...
Puis, après un court instant :
– Pourquoi ? Tu as faim, Kikou ?
Sans bouger, il tonnait alors, d'une voix de basse, avec une ombre de sourire :
– Cette pauvre petite a faim ! N'y aura-t-il donc personne pour faire son goûter ?

Dans la cuisine, sur les fleurs bleues de la toile cirée, je savais qu'un instant plus tard apparaîtrait miraculeusement une montagne de tartines, par le magique effet de la voix de papi...
Pourtant, cette année-là, la confiture fut moins douce, et le pain, que je ne pouvais disputer à personne, me sembla moins craquant.

Un jour d'orage, de ciel noir d'encre et de pluie en rafales, comme papi faisait sa sieste habituelle, et que grand-mère était allée rendre visite à l'une de ses amies (visite dont j'avais été dispensée par la bienheureuse grâce d'un rhume), un jour, donc, j'ouvris la grande bibliothèque du bureau. En haut, bien plus haut que moi, il y avait les albums. Pour tromper un légitime ennui d'enfant seule, je les attrapai tous. Pages glacées, coins adhésifs tenant des photos dentelées, dates et noms inscrits au crayon, de la haute écriture penchée de grand-mère. Un mariage, un cousin, un voyage, un bébé... Et puis là, soudain... la photo.

Prise l'été d'avant, dans le jardin. Indien d'opérette entre les cerisiers, tignasse embroussaillée, regard morne.

Je l'ai longuement détaillée. Je ne t'avais pas complètement reconnu. Mémoire menteuse,

souvenirs trompeurs, qui brouillent ce que l'on croyait clair, et superposent, insidieux, une autre réalité.
Vraiment, tu étais ainsi, une semaine avant de me dire au revoir ? Avant de me promettre de revenir bientôt ? Avant d'oublier de tenir tes promesses ? Je l'aurais bien déchirée de rage, la photo... J'hésitais, par superstition. Si, en te déchirant, je te faisais mourir...
Cet après-midi-là, je commis un obscur sacrilège. Album violé, photo volée, dont le cadre avait été (pourquoi ?) entouré de noir par papi. Butin précieux, mais honte inavouable. Voix de la conscience qui résonnait, énervante, insistante : « On ne vole pas. On ne ment pas. On ne... »
Photo à cacher. Oui, mais où ? Dans quelle oubliette, quel endroit connu de moi seule, ou tout au moins jamais fouillé ?
Dans le château, remisée là depuis longtemps, il y avait une armoire ventrue, pleine

à ras bord de draps de métis et de lin, soigneusement pliés. On ne l'ouvrait jamais. Alors, pieds nus dans les bottes de pluie, enjambant, cœur tapant, les flaques, j'ai couru. Photo volée serrée contre mon flanc maigre, haletant, eau du ciel tombant sur moi à grands rideaux sonores, visage trempé d'eau, du dehors, du dedans... Craignant je ne sais quelle foudre céleste qui aurait pu me tomber sur la tête en grondant : « Voleuse ! » En tremblant j'ai glissé mon larcin au plus profond entre les draps, ventre immaculé, utérus de toile rugueuse, cocon. J'ai mis là en dépôt mes peurs d'enfant, mon attente et ma crainte.
Je te cache là, je t'oublie. Et eux aussi, ceux qu'on nomme parents, je les oublie. Enfouis. Disparus...
Enterrés.

T'entends la musique qui chante,
La petite musique méchante,
Qui doucement, doucement dit :
Ce sera plus jamais l'été,
Plus jamais la saison des singes.
Il est mort, il est mort. D'accord.
Sa photo dans l'armoire à linge,
C'est tout ce qui reste de lui.
C'est fini. Tu vois ?
C'est fini.

Chapitre 9

– Et ton père, à toi, il fait quoi ?

Accroupie derrière le grillage, elle me questionnait tout en habillant sa poupée. Je ne voyais d'elle qu'une natte brune, un bout de jupe blanche, une épaule bronzée.

– Il voyage.

– Ah... Et ta mère ?

– Aussi.

– T'as des frères ou des sœurs, toi ?

– Non... Si. Loin...
Elle n'avait pas perçu le trouble dans ma voix. Elle venait de pousser un soupir satisfait : la robe de la poupée était enfin reboutonnée.
– Tu dois t'embêter, alors ! avait-elle repris d'une voix chantante.
– Non.
– C'est ton papi et ta mamie qui habitent ici ?
– Oui.

J'avais fait sa connaissance une heure auparavant. Je longeais la haie, essayant de trouver un terrier de hérisson, l'œil chasseur, cherchant quelque coquille d'escargot rongée, vidée, qui m'aurait donné un indice. Sa voix avait jailli, derrière les lauriers, me faisant violemment sursauter, concentrée que j'étais sur ma traque.
– Salut ! Tu habites ici ?

J'avais entrevu, au travers des feuilles, une figure mate et rieuse, que trouaient deux yeux noirs. Une drolatique frimousse de musaraigne enjouée.

– Salut ! avait repris la voix. Tu es en vacances ? Comment tu t'appelles ?

– Salut. Oui. Marie. (Je répondais au fur et à mesure.)

– Moi, c'est Annie. C'est ma mamie qui vient d'acheter la maison, là.

J'avais tout su de sa vie : qu'elle avait dix ans déjà, deux frères, un grand comme ça (plus haut que son bras levé), l'autre petit comme ça (main à hauteur du pubis). Sa mamie était gentille. Sa maman aussi, mais elle n'était pas là. Elle était en cure pour du « rhumarthrisme ». Son père ? Pfff ! Lui, il travaillait tout le temps, alors... Sa poupée s'appelait Bella. Elle en avait des plus mieux, mais celle-là, c'était sa plus préférée

quand même. Elle mettait des «plus» partout. Elle sentait que j'allais devenir sa plus meilleure copine. D'ailleurs elle n'en avait pas d'autre, ici.
Moi, je me tenais sur mes gardes, partagée entre l'attirance et l'inquiétude d'avoir à répondre à des questions que je n'osais même pas me poser à moi-même.
Son arrivée dans ma haie, cet été-là, ce fut une panique et un enchantement. Une comme moi. Pareille. Robe à carreaux, culotte en coton, poupée, nattes... Une à qui parler. Mais que pourrais-je dire? Faudrait-il raconter que... Dire pourquoi...
Enfin, on verrait bien.
Le lendemain, j'arrivai au grillage avant elle. En la voyant débouler de derrière sa maison et courir vers moi avec de grands signes, je me sentis inexplicablement ravie.

À la fin de cet été-là, lorsque Moucha revint, je l'attendais, elle, car je m'interdisais de vous espérer, vous. En poussant la lourde grille des *Saules*, j'eus presque l'impression de revenir chez moi. Moucha dut le sentir, elle parut soulagée.

Pour la rentrée des classes, je repris sans protestations le chemin de cette école, à cent mètres de chez Moucha.

Au milieu de l'automne, j'obtins, en récompense d'un travail scolaire satisfaisant, de pouvoir emménager dans la « chambre du haut ». Moucha avait mollement objecté l'inconfort, l'éloignement par rapport à sa propre chambre, le fait que, ce premier étage étant inoccupé, je risquais d'avoir peur, toute seule. Puis elle avait cédé. Par respect pour ma liberté, sans doute. Par lassitude, aussi, dans la tristesse de ce mois d'octobre, qui coupait les jambes, le souffle, et donnait

l'envie d'abdiquer à tout pourvu qu'il fasse enfin moins humide et moins gris...
Premièrement conçue pour servir de « chambre de bonne », la pièce avait, c'est vrai, quelques désavantages. On y grelottait en hiver ; en été, on y suffoquait. Mais, en regard de ces menus inconvénients, les atouts qu'elle offrait étaient inestimables. La pièce était très grande, claire comme un atelier de peintre. De larges panneaux vitrés laissaient tomber du toit des seaux de lumière vive constellée de poussières brillantes. Deux grandes lucarnes rondes comme des hublots ouvraient sur les arbres du jardin et, par-delà leurs cimes, sur l'océan.
Il avait suffi d'un bon coup de peinture blanche, énergiquement donné par Édouard, et de rideaux rouges, amoureusement confectionnés par Rosalie, pour transformer la chambre en vrai palais des Mille et une nuits.

Ce serait désormais mon repaire. Moucha me donna une immense glace au cadre en plâtre mouluré. Je l'accrochai face aux fenêtres, multipliant ainsi mon horizon par deux.

Je te faisais encore des dessins, parfois. Mais jamais plus je ne les confiais à Moucha afin qu'elle les poste. Tu étais parti sans laisser d'adresse. Je t'attendais sans garder d'espoir.

Accroupie sur le plancher lustré, je restais désormais des heures dans ce que Moucha appelait mon « perchoir ».

Le nez collé à l'une ou l'autre des lucarnes, je regardais passer au loin de fantomatiques cargos, qui tous, oui absolument tous, faisaient route vers l'Afrique.

Chapitre 10

D'un été l'autre, Annie devint indispensable. Elle seule donnait aux vacances chez mes grands-parents un goût de fête. Cachées dans les lauriers, un grillage entre nous, nous parlions des heures durant. De quoi, je ne sais plus. Mais c'était passionnant. Elle me prêtait sa Bella, c'était une preuve d'amour évidente. En échange, je lui faisais des bracelets de laine. Les années passant, les lauriers devinrent exigus. Il fallut déplacer le parloir. Nous prîmes l'habitude de tenir salon à l'extrême bout des deux jardins. De son côté poussaient de maigres cannes, qui ne la gênaient guère. Du mien, un laurier-rose ayant souffert du gel, je disposais d'une fenêtre suffisante.

Annie était plus grande que moi. Plus fine aussi. Pas maigre, mais très longue. Elle avait un bassin étroit, une allure de garçon, si ce n'était la chevelure noire, ondulée, superbe. À chacune de nos retrouvailles, nous nous mesurions, par jeu. Elle avait fini par me dépasser d'une bonne tête, mais je n'y voyais pas offense. Elle enviait mes pieds minuscules.

– Je ne rentre même plus dans les chaussures de ma mère, moi. Tu te rends compte ? se désolait-elle.

Non, je ne me rendais pas compte. Est-ce que tu avais de petits pieds, Maman ?...

Parfois, je ne me souvenais même plus de vos visages. J'avais beau chercher au plus profond des souvenirs, vous restiez flous, fuyants, insaisissables. Et dans ces moments-là, je me sentais dépossédée de tout. Mais je ne parlais pas de vous. Annie, cette intuitive, avait compris qu'il fallait m'épargner les « pourquoi ».

On poussait de partout. Elle plaquait son chemisier sur son torse frêle, et, montrant deux tout petits seins haut perchés, elle s'exclamait :
– Regarde ! Ils arrivent !
Elle en parlait comme d'un débarquement. Moi, ce qui me surprenait surtout, c'était les poils.
– Toi, tu en as, là ?
Elle troussait sa jupe jusqu'au ventre, tirait le haut du slip et regardait, sourcils froncés,

dans l'espoir qu'ils soient sortis durant la nuit.

– Ben non, moi, là, j'ai rien...

Je me sentais à la fois fière et inquiète. Était-ce tout à fait normal, d'en avoir là ?

Le temps passant, nous nous retrouvions chaque fois un peu plus différentes. Pas simplement grandies, mais transformées. Ce n'était pas seulement un peu plus de seins ici, un peu plus de hanches là. C'était une façon de se mouvoir, de parler, d'être. Je ne reconnaissais plus son rire. Elle, qui auparavant s'esclaffait bruyamment à la moindre bêtise, modulait à présent un rire perlé et parcimonieux. Sa voix grave, un peu éraillée, était montée de deux tons dans l'aigu.

Moi, je ne m'asseyais plus genoux au menton, pieds écartés, jupe remontée, culotte blanche dans les pissenlits. Je me posais avec des grâces de sirène, mollets sagement joints, couverts par la jupe tirée.

Nos palabres devinrent moins fréquentes. Un été, nous ne nous vîmes presque pas.

Cet été-là, papi parla, pour la première fois, de l'accident.
Il en parla avec pudeur, mettant de longs silences autour de peu de mots. Mais je ne pus m'empêcher de voir ce qu'il s'obstinait à ne pas me décrire.

Robe blanche et noire constellée d'éclats de pare-brise.
Cheveux de paille clairs dans l'herbe verte du bas-côté. Pipe en bruyère cassée, foutue, éjectée à dix mètres du tas de

ferraille disloqué qui fume, fume. Et bientôt brûle...

Papi se taisait, à présent. Il s'était justifié, du mieux qu'il avait pu, de ne m'avoir rien dit : c'était pour me protéger un peu de la douleur. Pour mettre mon chagrin à venir dans une parenthèse de silence. On ne pouvait souffrir de ce qu'on ignorait. Mais, aujourd'hui, je n'étais plus une enfant, il valait mieux me dire, enfin, la vérité.
Il me regardait, anxieux, grave, inquiet, s'attendant à des torrents de larmes qu'il ne saurait comment tarir. Maintenant seulement, j'allais réellement vous perdre. Il le savait. Or, c'est en vous perdant que je vous retrouvais.
À cet instant précis, où enfin j'aurais eu raison de vous pleurer, papa, maman, et toi, je me suis sentie, au contraire, étrangement

soulagée. Sa révélation, au lieu de me figer froidement sur ma peine, redonnait un élan au balancier du cœur. Je m'entendais à nouveau battre...
Tu ne m'avais pas trahie. Eux non plus. Jamais, pas un instant, vous ne m'aviez abandonnée. Aucune Afrique n'aurait été assez chatoyante et belle pour vous tenir si longtemps éloignés. Comment avais-je pu le croire ? Quel désert aurait pu, malgré ses mirages, vous séparer de moi ? S'il n'y avait pas eu ce mauvais virage, cette route en travaux, tu serais revenu, nous aurions établi notre itinéraire. Nous aurions emprunté à papi son casque colonial. Il aurait fabriqué deux beaux fusils de bois. Nous serions allés traquer les terribles lions, puissants, sauvages, et roux, du côté de la haie du fond. Toute la nuit, fenêtre grande ouverte, nous aurions écouté en tremblant les hurlements

mystérieux et rauques des grands singes, dans les hauts marronniers du jardin de devant.
Nous serions partis à l'aventuuuure !
En te disant adieu, je retrouvais l'Afrique.

T'entends la musique qui chante
Cette musique qui me hante
Qui inlassablement redit
J'ai compris, j'ai compris.
Il est mort, il est mort, d'accord,
Il est tombé par-dessus bord.
Va voir la photo cachée
Enterrée dans l'armoire à linge
Entre les piles de draps.
C'est tout ce qui reste de lui
Mais jamais tu ne l'oublieras
Ce sera pour toujours l'été.
Pour toujours la saison des singes.
C'est comme ça.

Chapitre 11

Les vacances finirent enfin. Les marronniers commençaient à jaunir. Moucha revint. Son rire salvateur balaya les odeurs de chagrin et d'automne. Maintenant, je la dépassais d'une demi-tête. Cela l'attendrissait. Moi aussi.

Je l'avais suivie, quelques années auparavant, comme un chiot qu'on sort du refuge, et qu'on place. Et qui part sans savoir. Cour ou jardin, laisse ou liberté, caresse ou fouet ?

Aujourd'hui, je la considérais (et *Les Saules* avec elle) comme le lieu intime, protégé, d'où je pourrais rêver à de lointains départs. Il me tardait de retrouver ma chambre, Édouard le silencieux, Rosalie et ses tartes, et Peluche, ma douce, qui, sûrement, couvait une portée nouvelle de merveilles aux yeux bleus...

Toutes choses rangées, tous devoirs d'affection remplis auprès de grand-mère, j'allai faire un câlin à papi, dans son bureau. Levant la tête un instant, il me regarda, pardessus ses lunettes :
– Je ne te raccompagne pas, petite, j'ai du travail...
Mais comme il embuait ses yeux, ce travail-là !
J'allais franchir le seuil. Il m'appela :

– Marie ?

Je me retournai, sans hâte. Il dit, très doucement :

– Tu es grande, maintenant...

Et c'était vrai. J'avais treize ans.

Huit ans plus tard, je partais pour l'Afrique.

Dans la même collection

Copie double
de Marie Desplechin

Samia la rebelle
de Paula Jacques

Un tueur à ma porte
d'Irina Drozd

La peur de ma vie
de Marie-Aude Murail

Ce n'est pas de ton âge !
de Brigitte Smadja

Moi, le zoulou
de Marie-Aude Murail

Le garçon qui se taisait
d'Irina Drozd

Maldonada
de Florence Reynaud

Devenez populaire en cinq leçons
de Marie-Aude Murail

Le défi de Serge T.
de Marie-Aude Murail

Écoute-moi !
de Régine Detambel

Mon grand petit frère
de Brigitte Peskine

Coup de foudre
de Laurence Gillot

Un cadeau d'enfer
de Hubert Ben Kemoun

Reste avec moi
de Christian de Montella

Je l'aime, un peu, beaucoup...
de Christian Grenier

Les confidences d'Ottilia
de Marie Desplechin

Rêves amers
de Maryse Condé

La saison des singes
de Marie-Sabine Roger

Le traîneau d'Oloona
de Florence Reynaud

La nuit de l'évasion
de René Frégni

La momie décapitée
de Michel Amelin

Garçon manqué
de Hortense Cortex

D'amour et de sang
de Marie-Aude Murail

L'équipe
de Christian de Montella

10-15
je BOUQUINE
Un roman d'Anna Gavalda
35 kilos d'espoir
BD :
Le tour du Monde en 80 jours de Jules Verne
Bayard JEUNESSE
GALLIMARD JEUNESSE

Imprimerie Hérissey - 27000 Évreux
N° d'éditeur : 7172 - N° d'imprimeur : 91849